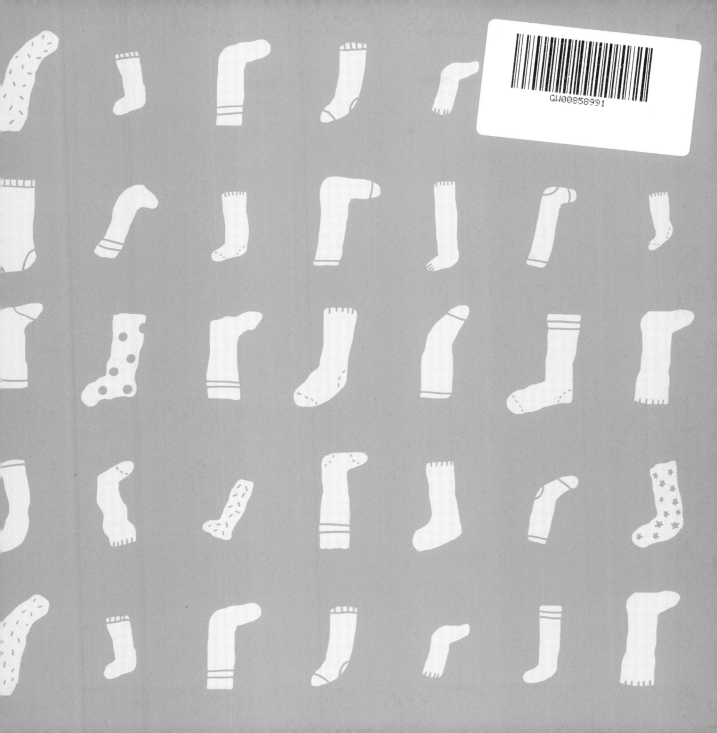

Personajes de SANTI BALMES   Ilustraciones de Lyona

MARTINA y ANITRAM

en el país de los CALCETINES perdidos

■ principal de los libros

LA VECINA DEL ÁRTICO

Cuando Marc nació, Martina pensó que sus padres le habían regalado un muñeco raro. Rarísimo. Martina intentó recordar si lo había pedido como regalo de Reyes. No, ni hablar. Ella quería unos walkie-talkies.

Cuando Marc cumplió un año, Martina pensó que ese muñeco, aparte de raro, a veces olía mal. Era una especie de muñeco pipí-caca, con la diferencia de que a Marc nunca, pero nunca, se le acababan las pilas. Lo más raro era que a aquel pequeño monstruito debía llamarlo "HERMANO".

Aunque Marc no era un superhéroe, tenía un extraño poder: cuanto más crecía, Martina se sentía más y más pequeña. A menudo era como si sus padres ya no la vieran. Definitivamente, aquel niño y sus trastadas eran el centro de atención... ¡todo el día! A veces, sus padres incluso se confundían y llamaban "Marc" a Martina.

¡Eso ya era el colmo!

En su fiesta de cumpleaños, Martina se enfadó mucho justo después de abrir el primer regalo. Era un osito de peluche y Marc quería jugar con él, pero Martina no se fiaba. Después de comer un poco de tarta, descubrió que su HERMANO también había dado unos mordiscos, pero no a la tarta, sino... ¡a su nuevo osito de peluche! ¡Se había zampado una oreja con los dos únicos dientes que tenía! Martina se echó a llorar de rabia.

Como sentía que nadie le hacía caso, Martina se escondió en el cuarto de la lavadora. Cuando le apetecía estar sola, se refugiaba allí y se quedaba mirando esa máquina que daba vueltas y más vueltas hasta que el enfado se le paraba. Aquel día se dijo: "Piensa en un lugar feliz, piensa en un lugar feliz". Martina cerró los ojos y deseó viajar al mundo de su amiga Anitram.

Anitram tampoco había pasado un buen cumpleaños.

Su HERMANO pequeño, Gram, le había roto con sus pequeños cuernos el peluche que le habían regalado. Al contrario que Anitram, sus padres estaban muy ilusionados con los cuernecitos de Gram, que le habían salido hacía poco.

Martina lo deseó con tantas fuerzas que apareció en el mundo de Anitram y le preguntó:

— ¿Tu hermano también es un "rompecosas"?

— Sí. ¿Es que nuestros padres no tenían bastante con nosotras? ¿Por qué encargaron un HERMANITO?

— Yo también me lo pregunto. A ver, ¿qué hemos ganado con un HERMANO?

Se quedaron un momento en silencio. Era una pregunta difícil de responder.

Entonces, Martina vio por el rabillo del ojo
a su HERMANO. De algún modo, Marc había
descubierto aquel agujero mágico que
existía debajo de su cama.

—¡Oh, no! ¡Marc!

Lo primero con lo que Marc se topó fue un monstruito peludo, Gram.

Marc le enseñó sus dientes y Gram le mostró sus pequeños cuernos. Enseguida se hicieron amigos.

Anitram le dijo a Martina:
—Dejémosles jugar. Así no nos perseguirán a nosotras.

Martina y Anitram jugaban a la "comba-ciempiés" cuando, en el cielo, apareció un calcetín. Volaba como una cometa. Marc y Cram lo señalaron y fueron tras él.

Empezaba a caer el sol. En ese momento, Martina y Anitram notaron que sus HERMANOS ya no hacían ruido.

¡Habían desaparecido! Siguieron sus huellas y llegaron frente a un puente levadizo. Allí, una voz rugió:

—Este puente solo podréis cruzar si algo de mucho valor decidís entregar.

Martina, enfadada, protestó:

—¡Pero eso es injusto! Son nuestros HERMANOS los que se han ido sin avisar...

—Ay, lo siento mucho, niña. A veces los cuentos son así —contestó la voz entre risas.

Ellas se miraron y entregaron sus peluches a regañadientes.

—Cruzar el puente ahora podéis. ¡El olor a queso os llevará a lo que queréis! —dijo la voz mientras descendía el puente.

Mientras recorrían el camino, encontraron el chupete de Marc. Luego, les llegó un extraño aroma a queso y, más adelante, vieron un reguero de calcetines.

—¿Y si alguien se los ha llevado? —dijo Martina.

—Tendríamos que avisar a nuestros padres —respondió Anitram.

—Pero si no seguimos los calcetines, el viento se los llevará. Y nosotras somos las HERMANAS mayores —añadió Martina, orgullosa por primera vez de ser la HERMANA mayor.

Caminaron durante un largo rato. A su alrededor, habían empezado a aparecer más calcetines. Primero, un par colgados de un árbol, como si fueran manzanas. Después, calcetines sobre el camino. Y, finalmente, calcetines por todas partes.

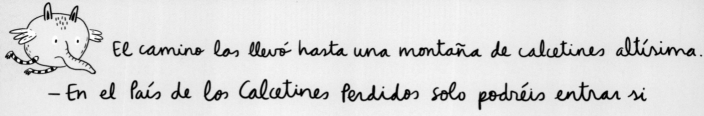

El camino las llevó hasta una montaña de calcetines altísima.

—En el País de los Calcetines Perdidos solo podréis entrar si una pregunta correctamente sabéis contestar: ¿de qué se alimenta el corazón? —dijo la voz, de nuevo.

Martina pensó un rato y contestó:

—Mmm, el corazón es rojo, así que come... ¿Cerezas? ¿tomates?

—¿Fresas? —añadió Anitram.

—¡Ja, ja, ja, ja! —rio la voz—. ¡Noooooooooo!

Trataron de escalar la montaña, pero resbalaban con los calcetines.

—No los encontraremos nunca... —sollozó Martina.

Las dos cayeron al suelo. Martina rompió a llorar y Anitram la abrazó con fuerza para tranquilizarla.

—¡Ya lo tengo! —exclamó Martina—. El corazón se alimenta de AMOR. Cuanto más quieres, tu corazón crece y crece. Si abrazas a alguien, crece. Si estás triste, el corazón se queda flacucho.

—Exacto, has dado en el clavo —confirmó la voz.

La montaña se abrió y Martina y Anitram entraron al País de los Calcetines Perdidos. Allí estaban todos los calcetines que, por extraños motivos, desaparecían del mundo de los humanos.

—¿Te acuerdas de mí? —dijo una vocecilla.

Martina miró a su alrededor y vio un pequeño calcetín amarillo de topos rosas. ¡Era uno de sus calcetines!

—¡Claro! ¡Pensaba que te habías caído del tendedero!

—Me gustaría volver con mi HERMANITO... —dijo el pobre calcetín.

Martina, disimuladamente, se lo guardó en el bolsillo.

Aquel reino estaba repleto de unos extraños bichos que, con su larga trompa, sacaban calcetines de agujeros. Cuando uno de los bichos vio a la niña y a la monstruita, exclamó:

—¡Intrusas en el País de los Calcetines Perdidos!

Y, con sus largas trompas, las agarraron y se las llevaron volando.

Sobrevolaron miles de calcetines hasta llegar frente al rey del País de los Calcetines Perdidos. Era enorme, porque se alimentaba de la tristeza de los calcetines desparejados. Tenía agarrados a Marc y Gram, que no dejaban de llorar.

— Devolvednos a nuestros HERMANOS. ¡Ahora!

—¿Por qué? —dijo el rey—. Vosotras no los queréis.

— Eso no es cierto. Solo estábamos un poco enfadadas.

—Los liberaré si otro acertijo resolvéis: ¿qué quiere decir "tú y yo"?

— Menuda pregunta. "Tú" quiere decir "tú" y "yo" quiere decir "yo".

—Incorrecto. "Tú y yo" no significa "tú y yo".

Martina miró a su HERMANO y sintió que su corazón crecía.

—Tú y yo —balbuceó Marc.

Y, entonces, Martina lo entendió.

—¡"Tú y yo" significa "NOSOTROS"!

—Respuesta correcta —confirmó el rey—. Pero me encanta hacer trampas. ¡Esbirros bichotrompa, encerradlas!

— Te olvidas de una cosa, rey —dijo Martina—.
El tamaño de los monstruos depende del miedo
que les tengas. ¡Marc, cuanto menos miedo
tengas, más crecerás!

Los niños lo comprendieron enseguida. Así pues,
dejaron de tener miedo y, al instante, el rey del
País de los Calcetines Perdidos empezó a hacerse
más y más pequeño. De hecho, de tan pequeño
que se hizo, Martina pudo meterlo dentro del
calcetín que llevaba en el bolsillo.

—¡Sacadme de aquí! —gritó el rey desde el
interior del calcetín.

—Solo si nos dices qué agujero lleva a mi casa.

—¡Jamás!

De repente, Martina escuchó una vocecilla familiar.

—Para volver a casa, debemos ir por el tercer agujero —dijo su calcetín amarillo de topos rosas.

Marc y Gram habían crecido porque se sentían muy valientes y ya no tenían miedo. Saltaron hacia el bichotrompa azul que quería capturarlos de nuevo. Gram le mordió el culo y Marc le hincó los dientes en la trompa. Como el bicho aún tenía muchos calcetines en su interior, empezó a hincharse cada vez más.

—¡Nooooo! —exclamó el bichotrompa cuando lo soltaron y salió volando por los aires.

En ese momento, Martina, Anitram, Marc y Gram se deslizaron por el hoyo.

Un fuerte olor a queso despertó a Martina. Se había quedado dormida frente a la lavadora. Cuando abrió los ojos, vio a su HERMANO, que le estaba enseñando su osito de peluche. Todo aquello era muy raro. ¿Había sido un sueño? ¿Por qué olía a queso? Martina se metió la mano en el bolsillo y allí encontró... ¡el calcetín de topos desparejado! Sorprendida, lo llevó al cajón para dejarlo con su "HERMANO". Cuando lo cerró, escuchó risas y más risas.

—Ahora NOSOTROS nos vamos a jugar.

—¿NOSOTROS? —preguntó Marc.

—Sí. Aunque tú no lo entiendas porque todavía eres muy pequeño, "tú y yo" significa "NOSOTROS", a partir de ahora y para siempre.

Martina abrazó a Marc y jugaron juntos toda la tarde. Mientras tanto, en el mundo de los monstruos, Anitram y Cram jugaron sin parar hasta que salió la luna.

Aquella noche, Martina y Marc se durmieron
por primera vez cogidos de la mano.
Y así dormirían.
Cada noche.
Cada noche.
BUENAS NOCHES.

Primera edición: noviembre, 2017
Segunda edición: noviembre, 2017

© del texto, Martina y Anitram, 2017
© de las ilustraciones, Lyona, 2017
© de esta edición, Futurbox Project S. L. y La Vecina del Ártico, 2017
Este libro es una coedición de Futurbox Project S. L. y La Vecina del Ártico.
Todos los derechos reservados.

Diseño de cubierta: Lyona

Publicado por Principal de los Libros
C/ Mallorca, 303, 2.º 1.ª
08037 Barcelona
info@principaldeloslibros.com
www.principaldeloslibros.com

ISBN: 978-84-16223-84-8
IBIC: YBC
Depósito Legal: B 23304-2017
Preimpresión: Lyona
Impresión y encuadernación: Liberdúplex
Impreso en España – Printed in Spain